임꺽정

어르신 이야기책 _202 중간글

임꺽정

초판 1쇄 발행일 2018년 3월 9일

지은이 조해일
그린이 낙송재
펴낸이 이원중

펴낸곳 지성사 출판등록일 1993년 12월 9일 등록번호 제10-916호
주소 (03408) 서울시 은평구 진흥로1길 4(역촌동 42-13) 2층
전화 (02) 335-5494 팩스 (02) 335-5496
홈페이지 지성사.한국 | www.jisungsa.co.kr 이메일 jisungsa@hanmail.net

ISBN 978-89-7889-362-6 (04810)
978-89-7889-349-7 (세트)

이 도서의 국립중앙도서관 출판예정도서목록(CIP)은 서지정보유통지원시스템 홈페이지 (http://seoji.nl.go.kr)와 국가자료공동목록시스템(http://www.nl.go.kr/kolisnet)에서 이용하실 수 있습니다. (CIP제어번호: CIP2018006003)

어르신 이야기책 _202 중간글

임꺽정

조해일 글 · 낙송재 그림

지성사

한때 조선팔도에 도둑떼의 들끓음이 거지 속옷에

이(蝨) 끓듯 하던 시절이 있었다.

그 가운데 임꺽정이라고 불리는 도둑이

그 개인의 역량에 있어서나

그 도당(徒黨)의 많고 형세 큰 점에 있어서

이름 높기가 당대 으뜸이었다.

도둑떼의 들끓음은 거듭되는 흉년과
과중한 납세로 인한 양민답게 살기 어려움,
당시의 상층계급인 양반 벼슬아치들의 전횡(專橫),

그리고 왜구의 빈번한 침입으로 인한 조선 남자들의
전쟁 경험〔그로 하여 생긴 인명경시(人命輕視),
도덕적 심성의 상대적 감소〕 등에 그 원인이 있었으며,
임꺽정이라고 불린 도둑도 그러한 부류 중의 한 도둑떼
괴수임에 틀림없었다.

그런데 그의 이름 높음에는 그 개인의 역량과
도당의 많고 형세 큰 점 외에도 또 다른 이유가 있었다.

잘 알려져 있다시피 조선팔도에서 그 짝을 달리 찾을 길 없는 천부의 힘과 높은 수준의 검술 외에도 백정의 자식이라는 그 미천한 일개 도둑의 인품됨이라고나 할까 의협됨이 널리 알려진 데에 또한 그의 이름 높음의 많은 까닭이 있었던 것이다.

이를테면 그는 도둑질을 할망정 가난한 양민들로부터는 감자 한 톨 빼앗지 않는다든지, 주로 양반, 관료들의 넉넉한 광이나 짐바리로부터만 빼앗는다든지,

도당을 다스리는 법도가 왕도와 같이 엄격 · 자애롭다든지 하는 소문들이 널리 알려진 것이 그것이었다.

최근 그러한 그의 인품됨이라고나 할까 의협됨의 편린을 살필 수 있는 새로운 일화 한 가지가 손에 들어왔기로 기왕의 임꺽정 이야기들에 이것을 보태고자 한다.

신사생(辛巳生) 뱀띠인 꺽정의 나이
서른아홉 살 때였다고 한다.
아마도 꺽정이 청석골로 들어가서 그때 이미
그 대강의 골격이 차려진 도둑소굴의 두목이 된 뒤로
한두 해 지나서가 아닌가 싶다.

꺽정은 서울 남소문 안에 있는, 연줄 닿는 장물아비의
집에 잠시 머무르면서 어떤 목적의식 아래,
환로(宦路)는 물론 아예 세상에 몸을 내놓지 않는
몇몇 뜻있는 선비들을 수소문해 찾아다니고 있었다.

당시는 그 가렴주구가 극에 이르렀던
영중추부사(領中樞府事)이며 임금의 외숙인 윤원형(尹元衡)의
흔천동지(掀天動地)하던 권세가 한풀 꺾였다고는 하나

새로운 권력자로 등장한, 임금의 비(妃) 심 씨(沈氏)의
외숙이며 대사간(大司諫)인 이량(李梁)의
침학(侵虐)이 또한 날로 심하여
뜻있는 선비들은 몸을 도사려

세상에 나서기를 마른 발로 젖은 데 딛듯
꺼리던 시기였다.

　꺽정은 더러 남소문 안 장물아비의 인도를 받아
기생방에도 출입하며 세태에 귀를 기울이기도 하고
선비들의 동정을 탐문하기도 하며

때로는 그럴싸한 소문이 들리는 선비를 찾아다니기도
하던 중 하루는
남성밑골에 학식 높은 선비 한 사람이 숨어산다는
소문을 듣고 수소문하여 찾아나섰다.

집 찾기가 쉽지 않아서 해가 많아 떠난 걸음이
허순이라는 이름을 가진 그 선비의 집에 찾아 닿았을 때는
다 저물 녘이었다.

야트막한 대문 앞에 서서 주인을 찾자
동자치(밥 짓는 일을 하는 여자 하인)인 듯 뵈는
늙수그레한 아낙 한 사람이
앞치마에 물 묻은 손을 훔치며 나와서 문을 열어주었다.

"어느 댁에서 오신 뉘시라구 여쭐까요?"

그 아낙이 꺽정을 바라보며 물었다.

"황해도 청석골 사는 임꺽정이라는 사람이 찾아왔다구 하우."

아낙은 놀라는 빛이 완연했다.
그러나 내색 없이 들어갔다 다시 나와서 들어오시란다고 문 앞을 틔워주었다.

아낙의 인도로 한 야트막한 퇴 앞에 서자
방 안에서 주인의 것이리라 짐작되는 목소리가,

"임 장사 게 오셨거든 들어오시구려."

하였다. 꺽정은 내심 이것 봐라, 하였다.

임꺽정이란 이름 석 자만 듣고도 사람이 안에 있으면서
없다고 따돌리거나 지레 겁을 집어먹는,
지금껏 찾아다녀본 몇몇 선비들과는 다르다,
어쩌면 오늘은 사람을 바로 만나려나 보다,
하고 꺽정은 짐짓 맞받아,

"주인이 안에 계시거든 얼굴이나 좀 내미시구려."

하였다. 방문이 열리며 좀 야위었다 싶은 중년사내의
얼굴이 내밀어졌다.

그리고 다시 그 안쪽으로 이쪽을 향하고 있는 두어
사람의 얼굴이 더 보였다.

주인으로 짐작되는 그 중년사내를 제외하고는 모두 외관을 갖춘 차림들이었다. 손님인 모양이었다.

"도둑의 수령두 예를 찾소? 자, 들어오시구려. 마침 벗들과 모여 임 장사 말씀을 하구 있던 참이기두 하니."

그 중년사내가 마치 친근한 사이에게처럼 말하였다. 꺽정도 빙그레 웃으며 받았다.

"말이 고삐가 풀렸구려. 내 아우들이 들었으면 재갈을 물리려 들었겠소.
그리고 내 아우들에게 재갈을 물리우면 그 말은 죽소."

꺽정으로서는 드문 재담이었다.
그만큼 그는 이 방문이 가져올 결과에 대해서
미리 좋게 예측해버리고 있었다.

"아따 엄포는 그만 하시구 어서 들어오시구려.
하기야 여긴 임 장사 아우들은 고사하구 임 장사 손가락
힘 하나 당해낼 재주 가진 사람두 없소. 모두 책이나
뒤지는 글방샌님들뿐이니까.
자, 들어오시구려."

"그럼 백정의 자식 꺽정이 선비님들 계신 자리루
들어갑네다."

"글쎄 들어오시우."

꺽정이 방 안으로 들어서자 앉았던 사람들이 앉은 채로 자리를 조금씩 드텨 꺽정이 앉을 자리를 내주었다.

방이 매우 협착했다. 꺽정을 포함해서 방 안에 든 사람이 모두 다섯인데 온 방이 그들먹하였다.

꺽정이 여전히 빙그레 웃음기 띤 얼굴로 좌중을 둘러보며 말하였다.

"무슨 역적 칠 모의라두 하구들 계셨소. 임 아무개라는 도둑괴수 얘기를 다 하셨다니."

"하하하, 우리 같은 약골 샌님들이 무슨 역적 칠 모의나
제대루 했겠소.

그저 임 장사의 선성을 너무 익히 들었기로
임 장사 기운 얘기, 검술 얘기, 또 임 장사의 인품된 바,
의협된 바의 얘길 푸념처럼 나누며 부러워들 했을 따름이지.
우리 같은 글방샌님들은 늘 그 기운이나 협기가 모자라
탄식이니 말이오."

꺽정이 문득 웃음기를 거두고 물었다.

"그 기운이나 협기를 쓸 데는 있으시우?"

그러나 주인은 잠시 멈칫하며 걱정의 똑바른 시선을 한동안 마주 받다가 슬쩍 말머리를 돌리었다.

"……차차 이야기하십시다. 그건 그렇구,
우리 피차에 인사가 늦었구려.
임 장사의 선성이야 우리가 익히 들어서 아는 바이구,
난 허순이라구 하우."

"들어 알구 왔소."

"듣다니 어디서 들으셨단 말이오?"

"다 듣는 수가 있소."

"허, 그 참. ……아무튼 피차 인사들이나 마저 합시다. 내 옆에 앉은 이가……."

"안명효요."

주인의 왼편에 앉은 체구가 자그마하고 얼굴이 흰 선비가 주인의 말을 받아 턱을 조금 당기며, 제 이름을 댔다.

"예, 임꺽정이우."

꺽정도 그 선비 쪽을 향해 고개를 조금 숙여 보이며 말하였다.

"이소종이오."

주인의 오른편에 앉은, 앉은키가 크고 입술이 푸른 선비가 역시 턱을 조금 당겨 보이며 말하였고,

"송천상이오."

하고 꺽정의 맞은편에 앉은 얼굴이 약간 얽고 하관이 빠른 선비도 말하였다.

꺽정은 그때마다,

"예, 임꺽정이우."

하고 나중 대꾸를 하는 편이 되어서 마치 인사를 받는
셈같이 되었다.
일부러 그렇게 하려던 것은 아니었으나
그렇게 된 것이 미상불 걱정으로서는 불쾌할 것도 없었다.

선비들은 그러나 그렇게 된 점이 마음에 불쾌한 듯하였다.
안명효라고 제 이름을 댄 선비가,

"원 이건 맞인사도 아니로군."

하고 좌중에 들릴 듯 말 듯 혼잣소리를 하였다.
나머지 두 선비의 얼굴빛도 좋아 보이지 않았다.

주인이 선비들의 그런 마음새를 알아채고
너털웃음을 웃으면서,

"허허허, 그, 도둑의 수령이 예를 모르긴 모르우.
허나 예가 무에 그다지 중하우.
나라의 도(道)가 뒤죽박죽인걸……."

하였다. 송천상이라고 제 이름을 댄 선비가 그래도
마음의 불쾌감이 걷히지 않는지,

"큰 도가 합당하지 못하기로서니 작은 도조차 부당히
운영돼야 할 법이 있소."

하고 끝내 석연해하지 아니하였다.

제 이름을 이소종이라고 댄 선비가 한술 섞듯 말하였다.

"……좌우지간 상하가 모두 큰일이오."

선비들이 양반과 상인의 예로써 불만을 삼는 게
분명함을 안 꺽정은 부아가 치밀었으나
이 집 주인을 만나러 온 것이지
손님 선비들을 상대하러 온 것이 아닌 만큼,

또 이 집 주인 선비를 만나러 온 목적이 목적인 만큼
지그시 누르고 있었다.

주인 선비 허순이 얼굴을 반듯이 펴고 이소종을 향하여 말하였다.

“하보다는 상이 큰일이오. 정치의 요체는 항시
상의 바른 도에 있소.
이렇게 나가다가는 백성이 모두
도둑떼가 되거나
언제 굶어죽게 될지 모르오.”

그러자 사사로운 감정에 잠시 사로잡혔던 세 선비의 표정에 공적(公的)인 어두움이 차차 드리워졌다.

안명효가 쓴 눈길로 천장께를 쳐다보고 있다가 얼굴을 바로하며, 그러나 아무래도 걱정이 마음에 쓰인다는 듯 서먹한 시선으로 걱정을 한 번 쳐다보고는 허순을 향하여 말하였다.

"이번에두 이랑이 상총(上寵)을 독차지하려구 온갖 해괴한 물건을 다 그러모으는 모양입니다. 팔도의 관찰사들이 달달 볶인답디다."

이소종이 그 말을 받았다.

"어디 이랑뿐이오? 영중추 윤원형이두 질세라 그러모은다지 않소."

송천상도 얽은 얼굴을 빛내며 말하였다.

“그 첩 난정(蘭貞)이란 년이 또한 요물덩이란 말이오.
대비전(大妃殿)의 온갖 구미를 알아받드는 게
그년 아니오.”

“아따, 그, 다 아는 얘긴 중언부언해 무엇 하우.
우리 임 장사 말씀이나 좀 들어봅시다.
대당(大黨)의 수령께서 어찌 이런 모옥(茅屋)을
다 찾으셨는지…….”

저마다 공분을 털어놓으려던 세 선비가 무료히
입들을 다물고 꺽정이 편을 쳐다보았다.

허순도 입가에 친근한 미소를 머금고 꺽정을 똑바로 바라보았다.

“난 허순이란 이름 가진 선비가 학식 높구 뜻 깊단 말 듣구 왔소. 말씀을 들으려구 온 게지 지껄이러 온 게 아니우. 어서 하던 말씀들이나 계속하우.”

꺽정은 성품이 직정적이고 속을 잘 감출 줄 모르는 사내였다.

아무리 방문 목적을 잃지 않기 위해 부아를 누르고 있다고는 하나 인사 까탈 잡은 세 선비에 관해 틀어진 심사가 쉬 바로잡힐 리 없었다.

그러나 주인 선비 허순은 중국의 교양으로 든든히 무장된
사람이었다.
선불리 속을 내뵈는 여타 선비들과는 좀 달랐다.

"허허허, 웬 데서 그런 거짓소릴 다 들으셨소.
학식 높구 뜻 깊은 선비야 다 죽었지,
지금 어디 남아 있는 사람이 있소?

돌아간 조정암(趙靜菴) 같은 분으로 말하면야 선비루두
참 선비였구 재상으루두 참 재상이었지만 나 같은 거야
그저 선인들이 낸 먹자국이나 만지는 게 소임이오.
그건 그렇구, 좌우간 얘기를 들으러 오셨다니
듣기 바란 얘기가 무얼까, 그걸 우선 들읍시다."

“듣기 바란 얘기가 웬 따루 있겠소? 아무 얘기나 들으려던 게지. 글 못 배운 놈이 글 아는 선비한테 듣는 게면 다 약이지.”

“허. 그 참 어지간하시우, 숫제 생떼로구려. ……그럼 대접 삼아라두 내 얘기 하나 하리까? 들어보시려우?”

“허시우.”

“전라도 안냇골이란 데서 난, 신생아 잡아먹은 산모 얘기 들은 일 있소?”

“없수.”

“그 얘기나 하리다. 끔찍한 얘기오. 들으시우.
안 생원, 이 생원, 송 생원두 들으시우.”

그 아낙의 서방은 인근 대장간에 나가서 담금질 보는
용인(傭人)이었답디다.
한데 아낙이 산월(産月)이 다 되었을 무렵에 그러잖아도
일감이 신통찮던 대장간에 일감이 딱 끊어져
그 서방은 하릴없이 단칸방에 누워
아낙의 부른 배만 쳐다보고 있게 되었더라우.

하루하루 일한 삯으로 받아오던 보릿되도 자연 끊어져
산월이 다 된 그 아낙과 서방은 대장간에 일감 떨어져
못 나가던 날부터 꼬박 굶기 시작했답디다.

그 서방이 아마두 다른 주변 하날 변변히 차릴 줄 모르는 위인이었던 모양이우. 대장간 주인이라는 사람도 인정이라곤 요만치도 없던 위인인 모양이구.
그리고 이웃에서들도 그런 사정은 아마 까맣게 모르고 있었던 모양이우.

알았던들 그네들도 하루하루 목구멍에 풀칠하기 어려운 형편에 무슨 딴 도리야 있었겠소만.

한데 그 아낙과 서방이 굶기 시작한 날부터 사흘짼가 되던 날 느닷없이 관가에서 나졸들이 나와 그 서방을 덜컥 잡아가버렸더라우.
세(稅)를 바치지 못하고 미뤄온 게 사단이었다는구려.

서방은 치도곤 맞고 옥에 갇히고 아낙은 다 낳게 된
태아를 배 속에 지닌 채 굶주려 누워 있었던 모양이우.

일이 난 걸 이웃사람들이 안 건 아낙의 서방이
관가에 잡혀간 뒤로 대엿새가 지난 후였답니다.

며칠이 가도록 아낙의 집에 인기척 하나가 없는 일이
수상쩍어서 이웃사람들이 삽짝을 밀치고 들어가 보니
아낙이 부엌 바닥에 쭈그리고 앉아 무엇인지
조그만 빼다귀 같은 걸 핥고 있더라우.

만삭으로 동산만치 부르던 아낙의 배는
언제 그랬더냐 싶게 홀쭉해져 있고
부엌 바닥엔 아낙이 방금 핥던 것과 엇비슷한
그만그만한 작은 뼈다귀들이 소복하더라는구려.

가마솥 뚜껑이 열려 있고 아궁이엔 불땐 흔적까지
있더랍디다.
마음에 섬뜩 짚이는 일이 있어,

"무얼 먹소?"

하고 들어간 사람 중의 하나가 묻자
아낙이 천연스레 대답하더라는구려.

“내가 배고파 누워 있으려니 열린 방문으루
살진 암탉 한 마리가 걸어 들어옵디다.
사람이 죽으란 법은 없는 게로구나, 하구
지금 잡아먹구 난 참이우.
살두 연하구 노리끼리한 게 아주 맛있는 놈이었소.
이제 좀 살겠소.”

하구 말이오. 한 사람이 방 안으로 달려들어가 보자
있어야 할 아이가 없더라우.

사람들이 끔찍한 생각과 측은한 마음, 돌봐주지 못한
죄책감과 끓어오르는 분노로 뒤엉켜 한동안 망연히들
섰다가 모두들 대장장이의 집으로 몰려들 갔더라우.

대장장이의 집에 불을 싸지르고 그러는 동안
사람이 불어나 큰 세력이 되어 관가로들 몰려갔는데
결국 그중의 수십 인은 잡혀서 옥에 갇히고
몇 명은 곤장 맞고 방면되고 나머지는 흐지부지
흩어지고 말게 되었답디다.

나중 그 일은 조정에까지 보고가 올라갔으나
그대로 쉬쉬 덮어두기로 된 모양이우.
옥에 갇힌 자들은 방면이 된 모양이구.
아마 백성의 마음을 덧들일 걸 염려한 것 같소.

"자, 내 얘긴 끝났소. 감회들이 어떠시우?"

하고 허순은 짐짓 덤덤한 표정으로 좌중을 둘러보았다.

꺽정은 입을 꾹 다문 채 불이 펄펄 이는 눈으로
허순의 입께만 바라보고 있었고
세 손님 선비는 공분을 이기지 못한다는 듯
얼굴을 상기한 채 입들을 쫑긋거리었다.

마침내 이소종이 입을 떼었다.

"그 골의 원이 누구랍디까?"

허순이 대꾸하였다.

"김순행이라는 사람이랍디다."

"그자가 그럼 윤원형의 문하에 드나들던 자로구먼."

안명효가 알은체하였고,

"천하에 죽일 눔 같으니라구."

송천상이 단죄(斷罪)하였다.

"임 장산 감회가 어떠시우?"

허순이 꺽정을 향해 눈을 바로 들며 물었다.

그 말이 들리는지 안 들리는지 꺽정은

불이 펄펄 일던 눈을 지그시 감아버렸다.

주림에 눈이 뒤집혀 제 속으로 낳은 아기를 삶아먹었다는

아낙에 대한 측은한 정과 대장간 주인의 인정머리없음에

대한 노여움,

지방 관속들의, 그리고 조정에 들어앉은 자들의

가렴주구에 대한 분노로 가슴속이 뜨겁고

머릿속이 온통 후끈거렸다.

꺽정이 대꾸할 양을 보이지 않자 허순이 혼잣소리하듯

하였다.

“세월을 기다리는 도리밖에 없지.”

그러자 꺽정이 눈을 번쩍 뜨며 버럭 소리를 내질렀다.

“제길 무슨 세월을 기다린단 말이우.”

손님 선비 세 사람은 벼락이라도 치는 줄 알았는지 몸들을 일시에 움칫하였다.

그러나 허순은 고개를 숙이고 잠시 아무 말이 없다가 나직나직 말하기 시작하였다.

“여보시오. 임 장사, 우리 차근차근 말씀해봅시다.

그러잖아두 난 임 장살 한번 만나뵙구 싶었소.

임 장사가 지닌 뜻이 크다는 것두 대개 짐작은 하우.
보잘데없는 나 같은 서생을 찾아오신 뜻두
혹 지레짐작인진 모르겠으나 짐작하우.

임 장사가 나 말구두 여러 선빌 찾아보셨으리란 것두,
그 뜻두 나대룬 짐작하구 있소.
그리구 또 모두 실망하셨으리란 것두 짐작하우.

허나 또 잘못 찾아오셨소. 나두 제갈량은 못 되우.
이 난마(亂麻) 같은 판국을 바로잡을 아무 방책이
내게두 없소.

생각할수록 어렵기만 하구 그야말루 머릿속이 난마처럼
얽히기만 하우.
간혹 모자란 지혜, 모자란 힘으루나마 무슨 방책을
세워보려구두 했소만 그렇게 세운 방책이
과연 옳은 것이 될 겐지 어떤지두 잘 알 수가 없었소.
정말 아무것두 모르겠소.

그래 무얼 좀 알게 될 때까지는 세월을 기다리기루
하구 있소. 그저 이렇게 뜻 맞는 사람끼리 모여앉아
객담이나 하면서 말이우.
정말 나는 아직 그러한 일개 서생에 불과하우.
그렇지만 않던들 벌써 한번 내 발루
임 장살 찾아갔을 게요."

“식은 소리 그만하우. 난 가우.”

껵정은 자리를 차고 일어섰다.

일찍이 힘의 결핍을 느낀 적은 없었으나
이때처럼 뜻의 결핍을 극심하게 느껴본 적도 없었다.

무언지 불덩어리처럼 속이 뜨겁기만 하고
허순이 자기가 찾으려던 사람이 아님만 확실한 채
껵정은 아무것도 헤아릴 수가 없었다.

이 사람이 아니야, 이 사람이 아니야, 하고
그는 열병에 든 사람처럼 속으로 뇌까리기만 하였다.

허순이 황망히 따라 일어서며 걱정의 소맷부리를 잡았다.

"가시더라두 저녁이나 들구 가시구려."

그러면서 그는 일변 문밖을 향해 소리쳤다.

"여보, 부인, 어서 저녁상 들여오구려."

"예, 곧 들어갑니다."

밖에서 아낙의 목소리가 그렇게 대답했다.

꺽정은 그러나 허순이 잡은 소매를 뿌리치고

방문을 열었다.

그때 마침 아까 대문을 열어주던 그 아낙이 부엌에서

소반을 들고 나오는 모습이 보였다.

꺽정은 멈칫했다.

동자치인 줄로만 알았던 그 아낙이 그러면

허순의 아내였단 말인가.

꺽정은 그리고 아낙이 들고 나오는 그 소반 위에

얹힌 것이 멀건 보리죽 다섯 사발과

김치짠지 한 보시기인 것을 보았다.

꺽정은 관자놀이께가 뜨끈하여오는 것을 느꼈다.

그러나 그는 내처 방문을 나서 신발을 꿰고

휭하니 걸어나갔다.

주인 선비 허순과 손님 선비 세 사람,

그리고 소반을 들고 나오던 허순의 늙은 아내는

넋 잃은 사람들처럼 그의 뒷모습을 바라보았다.

이튿날 아침 허순의 집에는 웬 짐꾼 한 사람이 찾아왔다.

이 댁이 허순이라는 이름 가진 선비님 댁이냐고 묻고

그렇다고 대답하자

말없이 지고 온 쌀 한 섬을 마루 끝에 내려놓고 갔다.

그리고 그로부터 며칠 후 전라도 아무 고을에

임꺽정이란 이름 가진 명화적(明火賊)이 나타나서

관아를 불 지르고 원의 목을 베어

말꼬리에 매달고 달아났다는 소문이 파다하게 났다.